ARABELLE

A SON AMIE.

ARABELLE

A SON AMIE.

Au milieu des tombeaux, fous ces voûtes facrées,
Où font de mes ayeux les cendres revérées,
A la pâle lueur d'un flambeau fépulchral,
Qui redouble l'horreur de ce féjour fatal,
Je trace, en frémiffant, ces triftes caractères,
De mes tourmens affreux, interprètes fincères :
Tu vas trembler, Fany, de mes noires fureurs ;
La rigueur de mon fort t'arrachera des pleurs :
Que fais-je, malheureufe ? Au fein de mon amie
Je verfe la douleur qui confume ma vie !
Quoi ! Ma coupable voix, mes lugubres accens
Ofent fe faire entendre à des cœurs innocens !
Mon fouffle impur flétrit tout ce qui m'environne ;
Fuis un monftre, Fany, que le Ciel abandonne.

Mais non, que mon deftin retracé fous tes yeux
T'apprenne où m'a portée un penchant malheureux ;
Que la trifte Arabelle, en révélant fon crime,
Aux fureurs de l'amour dérobe une victime !
C'eft lui qui m'enyvrant de fon mortel poifon,
Vint corrompre mon cœur, égara ma raifon,

(4)

Au milieu des plaisirs creusa le précipice
Où je péris en proie au plus cruel supplice.
  Il te souvient, Fany, tu vivais parmi nous,
De ce jour où le Ciel m'accablant sous les coups,
Du plus vil des Humains, la brutale insolence
Avait juré ma honte en m'ôtant l'innocence.
Puis-je me rappeller, sans mourir de douleur,
Ce jour qui me plongea dans le sein du malheur ?
Au fond d'un bois obscur, sanglante, échevelée,
Sans force, sans secours, de fatigue accablée,
Je poussais vers le Ciel d'inutiles soupirs,
J'allais être immolée à ses affreux desirs ;
Mes prieres, mes pleurs étaient mes seules armes,
Le monstre sans pitié voyait couler mes larmes :
Mes longs gémissemens imploraient un vengeur,
La nature semblait partager ma douleur ;
Les yeux étincelans, le barbare avec joye
Contemplait ma défaite & dévorait sa proye.
Il triomphait . . . . . . O Ciel ! Un mortel généreux,
Attiré par mes cris, se présente à mes yeux :
Le lâche, à son aspect, pâlit, frémit de rage ;
Le trouble, la frayeur sont peints sur son visage ;
Il se voit assaillir, & tremblant pour ses jours,
Il voudroit par la fuite en prolonger le cours,
Son terrible ennemi le presse, le menace ;
La honte, le péril lui donnent de l'audace :
Il combat . . . . O Fany ! J'ai vu le sang jaillir ;
Mon honneur est sauvé, le monstre va périr ;
Son flanc est entr'ouvert d'une large blessure :
Le Ciel, en le frappant, a vengé mon injure ;
Ses membres affaiblis font un dernier effort,
En vain son désespoir a résolu ma mort :

(5)

Ses genoux chancelans sous sa masse pesante ,
Le roulent à mes pieds, sur la terre sanglante.

Le croiras-tu, Fany ? C'est dans ce lieu d'horreur
Qu'un funeste poison se glissa dans mon cœur ;
Dans ce séjour affreux, au milieu des alarmes ,
L'amour vint essuyer mes yeux baignés de larmes ;
Il m'ordonna d'aimer, il m'en fit un devoir,
Mon cœur avec transport reconnut son pouvoir :
Qu'aurais-tu fait, amie ? A ta perte entraînée,
Toi-même à mes malheurs tu serais condamnée ;
Vois acharné sur moi le destin rigoureux,
Plains mon sort, ô Fany ! Ce mortel généreux ,
Ce vengeur bienfaisant, soutien de l'innocence,
Cet Ange tutélaire armé pour ma défense ,
C'était..... ô nom fatal qui cause mon tourment!
Le fils d'un ennemi funeste à tout mon sang ,
C'était Valmor !.... Tu sçais quelle haine mortelle
Nourrit de nos maisons la rage mutuelle ;
Dans ce cher ennemi je vis mon défenseur ;
Mes jours étaient à lui, je lui donnai mon cœur.
Eh ! Comment résister ? Pour sauver ton amie,
Pour la venger d'un traître il exposait sa vie ;
Helas ! Sans son secours j'eusse en vain combattu ,
Un lâche à sa fureur immolait ma vertu.

Oui je l'aimai, Fany, je ne pus m'en défendre ;
Que dis je ? Je brulai de l'ardeur la plus tendre :
O, combien de l'amour je chérissais les coups!
J'abandonnais mon ame aux transports les plus doux ;
Mon amant m'adorait, j'étais son bien suprême ;
» Toi seule, disait-il, chere amante , je t'aime ,
» Toi seule de Valmor peut faire le bonheur,
» Dans l'Univers entier je ne veux que ton cœur.

J'ai vû s'évanóuir comme une ombre légère
L'inftant délicieux d'une erreur auffi chère :
Le défefpoir me refte . . . . O cruel fouvenir !
J'ai puifé mes malheurs dans le fein du plaifir.

Dans mon cœur vainement je concentrais ma flâme ;
Mes regards dévoilaient les fecrets de mon âme ;
Efclave de l'amour, d'un joug impérieux,
Le feu qui me brûlait éclatait dans mes yeux ;
Je ne pus foutenir l'œil impofant d'un père,
Il tira de mon fein cet accablant myftère ,
Il apprit mon amour . . . . . Avec quel fentiment
Je lui peignais ma flâme, & fur-tout mon amant !
Aveu qui m'a perdue ! Aveu que je détefte !
De mes tourmens affreux origine funefte !
O Fany ! Conçois-tu l'horreur de mon deftin ?
Il ordonne à l'amour d'expirer dans mon fein ;
Le barbare, atteftant les droits de la nature,
Ofé me commander de devenir parjure !
» Malheureufe, dit-il, qui m'ofes, fans rougir,
» Révéler un amour dont tu me vois frémir ,
» Mon honneur outragé demande une victime,
» Et ton fang odieux devrait laver ton crime ;
» Quoi ! Tu l'as pu penfer ? que de mes ennemis
» J'adopterais jamais le déteftable fils ?
» Que je pourrais un jour, oubliant ma vengeance,
» De ce fang que je hais contracter l'alliance ?
» J'ai choifi ton époux, ta main n'eft plus à toi,
» Aux yeux de l'Eternel viens lui donner ta foi,
» Viens, par des nœuds facrés , confirmer ma promeffe,
» L'accepter pour époux, lui jurer ta tendreffe ;
» Ta grace eft à ce prix : mais, tremble dans ce jour,
» Si tu n'étouffes en toi cet exécrable amour,

» Il n'eſt pour me venger, rien que je n'entreprenne ;
» J'irai, pour effacer & ta honte & la mienne,
» Sur ton vil Séducteur épuiſant mon courroux,
» L'immoler à ma haine, ou périr ſous ſes coups :
Il m'échappe à ces mots : je demeure éperdue,
Un nuage à l'inſtant ſe répand ſur ma vue ;
Je ſens un froid mortel pénétrer dans mon cœur ;
Du ſéjour du trépas la vaſte profondeur
Me découvrait déjà le ténébreux azile,
Où ſuccede à nos vœux un deſtin plus tranquille ;
Je touchais, chere amie, à ce moment fatal,
Du vulgaire l'effroi, mais que d'un œil égal,
Sans crainte, ni plaiſir, le Sage conſidère,
Et pour le malheureux la fin de ſa miſère :
Quel ſecours inhumain, m'arrachant du tombeau,
Vint de mes jours éteints rallumer le flambeau ?
Des fureurs de l'amour, déplorable victime,
Si c'en eſt un d'aimer, la mort lavait mon crime.
Que mon ſort eût été pour moi plein de douceurs !
Je mourais ton amie & digne de tes pleurs.

    Au jour que je fuyais je me vis rappellée,
Je ſentis mes malheurs, & j'en fus accablée ;
Tout rempliſſait mon âme & d'horreur & d'effroi ;
Un époux odieux prétendait à ma foi ;
Victime du devoir & de la tyrannie,
Il fallait renoncer au bonheur de ma vie,
Etouffer dans mon ſein le plus doux ſentiment,
M'arracher à moi-même . . . . oublier mon amant ;
Si je n'étais parjure, ô comble de miſère !
J'armais contre ſa vie une main meurtrière,
C'eſt moi qui lui plongeais le poignard dans le cœur . . . . .
Mais hélas ! Déſunis, nous mourions de douleur.

(8)

J'écrivis à Valmor, souvenir qui me tue !
J'étais au désespoir, & je me suis perdue.
Il vint, sçut nos malheurs ; furieux , égaré,
Vingt fois contre son sein, son bras désespéré
Tourne le fer cruel que d'une main tremblante
Arrête en pâlissant sa déplorable amante :
Par combien de détours , le destin rigoureux
Pour le livrer au crime, entraîne un malheureux !
J'empruntai de l'amour la voix plaintive & tendre ,
Jusqu'au fond de son cœur elle se fit entendre :

» Barbare, me dit-il, ah ! laisse-moi mourir :
» Tu m'ordonnes de vivre ; & c'est donc pour gémir.
» Quoi ! Je m'abreuverai nuit & jour de mes larmes ,
» Un autre cependant possédera tes charmes !
» Peut-être . . . helas ! Ton cœur . . . Et dans ce jour fatal
» Je laisse respirer un odieux rival !
» Dans le sang du cruel qui me brave & m'outrage ,
» Je n'ai pas assouvi les transports de ma rage !
» Il ose m'enlever, au mépris de mes feux ,
» Le seul bien dans la vie où tendent tous mes vœux ,
» Et je n'ai pas frappé les coups de la vengeance !
» Son sang va réparer ma honte & son offense :
» Si je suis malheureux, que le traître expirant
» Reconnoisse le bras qui lui perce le flanc !
» Mais, tu verses des pleurs ? Ah ! Tu m'aimes encore ;
» Tu ressens mon tourment, le feu qui me dévore :
» Eh bien ? Ose me suivre au bout de l'Univers,
» Viens cacher nos plaisirs dans le fond des Déserts ;
» Sur des rochers affreux , environnés d'abîmes ,
» Où jamais les mortels n'ont pu porter leurs crimes ,
» Sous un Climat sauvage , au fond des antres sourds ,
» Viens oublier nos maux dans les bras des amours ;

» Choisissons un azile , où la beauté timide,
» Se laissant entrainer au penchant qui la guide ;
» Exempte des liens d'un rigoureux devoir ,
» N'ait point à redouter un barbare pouvoir ;
» Fuis avec ton époux, c'est l'amour qui l'ordonne,
» Ce titre si sacré, c'est lui seul qui le donne :
» Non, le caprice vain de ces cruels Tyrans,
» Qui, pour un vil métal, Bourreaux de leurs enfans,
» Rompant des nœuds formés par l'ardeur la plus pure,
» A leur soif criminelle immolent la nature.
Que faisais-tu, Fany, dans ce funeste jour ;
L'amitié dans mon cœur eût balancé l'amour ;
Ton bras m'eût soutenue au bord du gouffre horrible
Où m'a précipitée un penchant invincible ;
Je n'eusse rien promis … Mais qu'ai-je fait? helas!
L'amour me fit jurer d'accompagner ses pas ;
La pudeur élevait en vain sa voix austère;
Contre un feu violent impuissante barrière!
Insensible à ses cris , mon cœur fit le serment
De vivre & de mourir fidele à mon amant.
    C'est ici qu'à grands pas j'avance vers l'abîme :
Ciel ! Arrête mon bras … Préviens, empêche un crime!
Mais non ,.. Il faut remplir mon malheureux destin ….
Je me meurs… Les remords me déchirent le sein.
    La nuit a cependant de ses voiles funèbres ,
Sur la terre obscurcie , étendu les ténèbres;
Les Mortels oubliaient dans les bras du sommeil ,
Les malheurs qui souvent assiegent leur réveil;
Il fallait m'arracher aux lieux de ma naissance,
Lieux sacrés , où jadis la paix & l'innocence
Avaient versé sur moi leurs charmes les plus doux ;
Alors, cruel amour , mon cœur bravait tes coups;

Ces murs qui tant de fois virent couler mes larmes,
Qui furent si souvent témoins de mes alarmes,
Il fallait les quitter, & de mes tristes jours
Dans des déserts affreux traîner au loin le cours ;
Valmor à mes genoux implorait ma tendresse ;
Ser sermens dissipaient mes pleurs & ma tristesse ;
J'oubliais ma douleur, la versant dans son sein.
Que vois-je ? O Ciel ! Mon père un poignard à la main
Cruel ! C'est mon époux, frappez votre victime,
Frappez, voilà mon cœur, lui seul commit le crime,
Il ne m'écoute pas .... mes cris sont superflus ....
O rage ! ô désespoir ! Mon amant n'était plus.
  Sur son corps expirant je tombe évanouie,
Mais bientôt ma douleur me rappelle à la vie ;
J'arrache le couteau de son sein palpitant,
J'abreuve ma fureur dans les flots de son sang ;
Le farouche assassin contemplait son ouvrage,
Son aspect odieux vient redoubler ma rage,
La vengeance a versé son poison dans mon cœur,
De son glaive mortel elle arme ma fureur,
Ne respirant que sang, l'âme désespérée,
O Fany .... je m'élance .... & ma main égarée ...
Trop prompte à seconder mon transport criminel
Se plonge en frissonnant dans le sein paternel.
  Les cheveux hérissés, le cœur plein d'épouvante,
Je veux fuir, & ne puis, cette scene effrayante,
Je crois voir sous mes pas mille abîmes ouverts,
Je me sens entraîner dans l'horreur des Enfers,
Mon forfait me poursuit, la rage me dévore,
Je déteste le jour, moi-même je m'abhorre.
J'allais trancher, Fany, mon malheureux destin ;
Mes remords, ma fureur me conduisaient la main,

Mon trépas terminait le cours de ma misère ;
J'entends un cri plaintif... Dieu ! Que vois-je... mon père !
Son corps ensanglanté se traîne sur mes pas,
O Fany ! ... je me sens presser entre ses bras :
» Barbare, me dit-il, toi qui puisas la vie
» Dans ce flanc malheureux qu'a percé ta furie ;
» C'est ton père expirant, dont la débile voix
» Se fait entendre, hélas ! pour la dernière fois ;
» Dans la nuit du tombeau garde-toi de me suivre,
» Pour pleurer tes forfaits Dieu t'ordonne de vivre ;
» Ce bras à ma vengeance immola ton amant,
» J'en subis par ma mort le juste châtiment :
» Je n'en murmure point ; mais, ô malheureux père !
» Fallait-il que ce fût par une main si chère ?
» Tu gémis, viens, ma fille, en ton sein recueillir
» Les restes de ma vie & mon dernier soupir ;
» A ces cruels instans viens mêler quelques charmes,
» Ah ! Laisse en liberté, laisse couler tes larmes,
» Tourne vers moi les yeux, ne me dérobe pas
» Le douloureux plaisir de mourir dans tes bras :
» Puisse le Ciel un jour ...! La force m'abandonne...
» Ma fille .... Je me meurs .... Adieu, je te pardonne :
Il expire ... Mon père ! ... O forfait ! O remords !
Frappe donc, Dieu vengeur ! Je souffre mille morts.
Sur son corps pâle & froid je me jette égarée,
Je ne me connais plus, je me sens déchirée,
J'embrasse avec transport ses restes malheureux,
J'arrête de son sang les flots impétueux ;
Ma bouche criminelle, en couvrant sa blessure,
Cherche à le ranimer de son haleine impure,
Sur ce flanc où ma rage enfonça le couteau,
Je concentre ma vie & creuse mon tombeau :

Le Ciel à mes malheurs se montre enfin sensible ;
Je succombe à l'horreur de mon destin terrible,
Mon corps s'anéantit épuisé de douleur ...
Qui m'arrache à la mort ? ah ! frémissez d'horreur ;
Barbares , connaissez Arabelle & ses crimes ,
Mon bras est parricide , & voilà mes victimes ;
Quoi ! Vous me secourez ? Cruels, que faites-vous ?
Ne redoutez-vous point le céleste courroux ?
Un Dieu vengeur punit , vous osez , téméraires,
Suspendre les effets de ses decrets sévères ?
L'Enfer est dans mon cœur, je déteste le jour,
Effacez dans mon sang mon crime & mon amour.

    Helas ! Je vis encore par leur secours barbare ;
Que dis-je ? Des vivans le destin me sépare ;
Après tous mes forfaits ne cherchant qu'à mourir,
J'ai prévenu la loi qui devait me punir :
Craignant que mon malheur n'ébranlât sa Justice,
Moi même j'ai dicté l'arrêt de mon supplice ;
Dans un séjour affreux de tristesse & de deuil,
Je me traîne à pas lens de cercueil en cercueil ;
Dans la nuit du trépas vivante ensevelie,
A des pleurs éternels je consacre ma vie ;
Je médite la mort au milieu des tombeaux,
Je parcours en tremblant ces terribles caveaux ;
La voûte retentit de mes accens funèbres,
De mes cris redoublés je perce les ténèbres ;
C'est là que deformais condamnée à gémir,
Je consume mes jours livrée au repentir,
Des remords dévorans je bois la coupe amère,
Et des larmes de sang inondent ma paupière :
Mais sur ces monumens arrosés de mes pleurs,
Le trépas va bientôt terminer mes malheurs.

Je vois déjà le terme où finiront mes peines;
Un poifon violent circule dans mes veines,
Mon fang eft defféché dans fes canaux ardens;
O Fany! Que ne puis-je, en ces derniers momens
Dépofer en ton fein les reftes de ma vie,
Te preffer fur mon cœur... & mourir ton amie!
Ton amie! ah!... pardonne au trouble où tu me vois!
Mes crimes, je le fçais, ont effacé mes droits,
A ce titre facré je ne dois plus prétendre,
Un monftre n'eft point fait pour un lien fi tendre:
Je renonce aux douceurs de ta vive amitié,
Mais qu'au moins mes remords arrachent ta pitié!
A mon fort quelquefois daigne donner des larmes!
Cet efpoir confolant y mêle quelques charmes.
Que mon exemple affreux te ferve de leçon!
O Fany! Si l'amour égarait ta raifon,
Rappelle-toi ces traits, les malheurs de ma vie,
Et je bénis mon fort, s'il fauve mon amie.

FIN.